KB265124

빛이 머물던 시간

빛이 머물던 시간

발 행 | 2025년 12월 20일

기 획 | 김재영
기획주간 | 이은빈
지은이 | 김라희 외 50명
기획주간처 | 악양중학교

발행인 | 신중현
책임편집 | 양성애
책임교정 | 박선아
마케팅 | 신호철

발행처 | 도서출판 학이사
출판등록 | 제25100-2005-28호

대구광역시 달서구 문화회관11안길 22-1(장동)
전화_(053) 554-3431, 3432 팩시밀리_(053) 554-3433
홈페이지_http://www.학이사.kr
이메일_hes3431@naver.com

ISBN_979-11-5854-593-2 43810

學而思 | 학이사

빛이 머물던 시간

김라희 외 50명

學而思 | 학이사

춘래불사춘 春來不似春

김 재 영 金載暎

봄은 왔지만 봄 같지 않네!
그래도 기어코 꽃망울을 터뜨리네.
그래,
기다려 보자.
2025년의 봄을.

2025년 유난히 추웠던 봄
울분에 겨워 거리로 뛰쳐나갔던 시간들
헌재 결정만을 오매불망 기다렸던 시간들

정이월 다 가고 삼월이 오고
강남 갔던 제비가 돌아왔건만
이 땅에 찾아온 봄은 봄 같지 않았네그려.

어느 날 문득
학교 교정과 사택 뒤뜰에
막 터트리기 직전의 꽃망울을 보니
기어이 2025년의 봄이
온 것을 알았네.

이 땅에 봄이 찾아왔듯이
악양중학교 교육공동체 모두가 소망하는
각자의 찬란한 2026년 봄을 기다려 봅니다.

- 교육공동체 모두의 소망이 이루어지고, 모두가 행복한 학교를 꿈꾸는
악양중학교 교장 김재영 -

3부. 행운을 좇는 자에게 - 3학년

4부. **고목** – 교직원

1부_봄에 벚꽃

1학년

봄에 벚꽃

김 라 희

벚꽃은 왜 봄에만 필까?
벚꽃은 참 내 얼굴 같다.
벚꽃을 보면 편안하게 느껴진다.

친구들

김 라 희

친구들과 비눗방울 하며 놀고
친구들과 이어달리기하며 놀고
친구들과 연 날리면서도 놀고
친구들과 하하호호 재밌게 한층 더
추억을 쌓은 것 같아서 히히

햇볕이 쨍쨍

김라희

내가 가만히 있어도 얼굴에 햇볕이 쨍쨍
내 얼굴이 타고 있어도 햇볕은 쨍쨍
나무랑 꽃들이 더워도 햇볕은 쨍쨍
모두 더워도 햇볕은 쨍쨍

밤하늘

〈2025. 제74회 개천예술제 디카시 부문 장려 수상작〉

김라희

고요히 하늘을 바라본다.
별빛이 하나둘 내려와
내 마음을 따스히 비추는 것 같다.

시작

김 예 봄

기다리고 기대한 나의 입학식
마주한 3월 4일
중학교를 시작하며
아쉽게 초등학교를 끝냈지만
이번 중학교는 절대 아쉽지 않을 거다.

맑은 날

김 예 봄

오늘이란 날에 상상도 못 한 일
지금 당장을 가장 즐길 수 있게
나를 위해 모든 게 있듯
오늘은 더 행복하기

어둠 속 빛

김예봄

예쁜 밤에 갑자기 생긴 먹구름처럼
우리도 갑자기 힘든 일이 생길 때가 있어.
그래도 열심히 버텨.
먹구름이 지나가듯 힘든 일도 다 지나갈 거니까.
먹구름이 지나가면 다시 빛날 달처럼
너도 힘들게 버틴 만큼 다시 빛날 거야.

촛불

김 예 봄

모두가 너의 꿈을 짓밟으려 바람을 불어도
끝까지 버텨 준 너에게
누가 뭐래도 넌 너대로 빛나.
세상이 너에게 가혹해도 널 믿는 내가 있기에
네 꿈을 이뤄 활활 타오르렴.

터널

박지용

봄에 버스에서 내려 주변을 봤더니
차도에 벚꽃이 터널처럼 폈다.
벚꽃이 피니 봄이란 걸 느꼈다.
빨리 집에 가고 싶다.

건물

박지용

여수에 갔다 케이블카를 타러 갔다.
높은 건물이 있었다.
멋있고 신기했다.

행복

〈2025. 제74회 개천예술제 디카시 부문 우수 수상작〉

박지용

하교를 해서 행복하다.
집으로 가는 길
행복하다.

제주도의 푸른 바다

서민재

제주 삼다수 물은 맑고도 시원하구나.
제주도의 바다는 마음처럼 참 넓구나.
아이들이 바닷가에서 뛰어노는 모습을 볼 때면
아이들이 노는 들판은 제주도 바다처럼 넓구나.

제주도의 바람은 맑고도 시원하구나.
제주도의 맑은 공기는 아이들이 뛰어노는 들판보다 넓구나.
바람이 시원하게 부는 날이면
내 걱정도 훨훨 날아가는구나.

푸른 빛 마법의 제주도 폭포

서민재

푸르른 제주도의 폭포가 흐른다.
쏴아아아아 풍덩풍덩
폭포가 우리에게 말을 건다.
새소리와 물소리 동물들의 대화가 들린다.
여기에선 짹짹 저기에선
물소리가 쪼르르르륵 신기한 마법이다.

소중한 꽃

오명학

봄에 볼 수 있는 꽃
시간이 지나면 볼 수 없는 꽃
벚꽃을 보려고 매일 보는 나
6월이 지나면 그리운 꽃
봄에만 볼 수 있는 꽃
보고 싶다.

어린 추억

오명학

나는 옛날에 재밌게 놀았던 추억이 있다.
그 물건이나 음식을 보는 순간 옛날 추억이 떠오른다.
나는 그걸 느끼며 살았다.
오늘은 뭔가 이미지에 있는 것이 생각난다.
이게 어린 추억인가?

시원하다

오명학

바람이 화아악 오고
땅은 모래
이 시원한 곳은 정말 좋다.
계속 시원하면 좋겠다.
또 가고 싶다.

신기하고 특별한 비행기

오명학

비행기를 타고 있는 나
창문 밖에는 푸른 하늘과 구름
혼자 타는 비행기보다 친구들이랑 타는 비행기가 좋구나.
이 순간이 또 있어 주길 기다리는 나
비행기는 신기하고 특별하구나.

푸른 하늘

오명학

산책하다가 발견한 푸른 하늘
어린 시절 매일 보던 하늘이
지금도 계속 있구나.
푸른 하늘은 지금 봐도
나의 추억이 계속 있구나.

붉은 무리 속 흰 꽃

임해든

붉은 꽃 사이에 핀 단 한 송이의 흰 꽃
왜 혼자서만 하얄까?
어쩌면 흰 꽃이 되고 싶었을지도 모르겠다.

붉은 꽃 무리에서 핀 하얀 꽃
왜 그토록 흰 꽃이 없었을까?
어쩌면 붉은 꽃이 흰 꽃을 미워하는 걸지도 모르겠다.

인간관계

임해든

내 친구는 예티다.
어느 날 내 친구를 집에 데려갔는데
예티가 겁에 질려 있었다.
나의 가족들이 먹으려고 했나 보다.
근데 잠깐 등 돌리니 그새 먹어 치웠다.
가족이라 한들 인간관계는 알다가도 모르는 믿는 도끼에 발 찍히는 것
험한 세상 중학생이라 방심하지 말자.

행복한 절규

임해든

절규하는 표정은 무섭지만 이 사진만은 행복해 보인다.
왜 절규하는데 웃고 있을까?
나쁜 일도 긍정적으로 생각한 걸까.
아니면 좋은 일을 더 좋게 생각한 걸까.
왜인지는 모르지만 우리도 저렇게 행복한 절규를 해 보자.
걱정은 뒤로하고 몸은 바람에 맡긴 채로

인생은 여유롭게

임 해 든

급하게 찍은 사진이 흔들리듯이 급하게만 살면 흔들리기 쉽다.
여유롭게 공들여 찍은 사진이 아름답듯이
우리의 인생도 한 번쯤 여유로움을 가지면 어떨까.
어찌 보면 당연한 말이지만
왜 우린 이걸 쉽게 지키지 못할까.

하늘과 햇빛

장재혁

하늘이 맑다.
아침에 하늘을 보았다.
햇빛이 나를 비춘다.
햇살이 날카롭다.
눈이 부시다.

하천과 갈대

장재혁

하천에 물이 흐른다.
맑고 깨끗하다.
갈대가 보인다.
뿌리가 땅속 깊이 들어가 있나 보다.
바람이 불어도 끄떡없다.
나도 무슨 일이 생겨도 끄떡없는 사람이 돼야겠다.

우리의 시련

장재혁

겨울이 가면 봄이 온다.
우리도 1학기가 지나면 2학기가 온다.
2학기마저도 지나면 중2라는 시련이 온다.
그 시련들을 뚫으면 고1이라는 또 다른 시련이 찾아온다.
인생은 시련의 연속인 것 같다.

눈이 와

장재혁

눈이 온다. 신기하다.
근데 산에만 눈이 온다.
눈싸움하고, 눈사람 만들고 싶은데…

혼자 씨가 있는 민들레

정상민

교문 앞에 펴 있는 민들레
혼자만 씨가 있던 민들레
옆에는 다 노란색인데
혼자만 하얀색이었다.
씨가 날 준비를 하는 것 같다.

편안한 논

정상민

아침에 바깥을 봤는데 있는 벼
풍성하게 있는 벼
엄청 많은 벼
포근해 보인다.

노란 꽃

조서윤

돌계단 사이에 노란 꽃이 피었다.
신기하다.
돌에 꽃이 피어도 꽃은 꽃인가 보다.
예쁘다.
꽃은 아무 곳에 피어도 신기하고 예쁘다.

바람 부는 평사리공원

조서윤

평사리공원
바람이 분다.
비눗방울도 날리고
연도 날리고
내 친구 머리카락도 날리네.

7월

조서윤

한두 달 지나다 보니 벌써 7월
어느새 되어 버린 여름 7월
매미도 매~앰 매~앰 우는 7월
1학기가 끝나는 아쉬움의 7월
여름방학이 시작되는 행복의 7월

행복 한 방울

조서윤

길가에 떨어진 시멘트 한 방울
집에 가던 나의 발걸음을 멈추게 한다.
누군가에게는 그냥 시멘트 한 방울
나에게는 소소한 행복이 된다.
길가에 행복이 한 방울 떨어져 있었네.

민들레

조하윤

벽 사이에서 나는 꽃
다른 꽃들과 어울리지 못하고
혼자 나는 꽃
저 꽃을 바라보면 예쁘지만
쓸쓸해진다.

웃는 얼굴

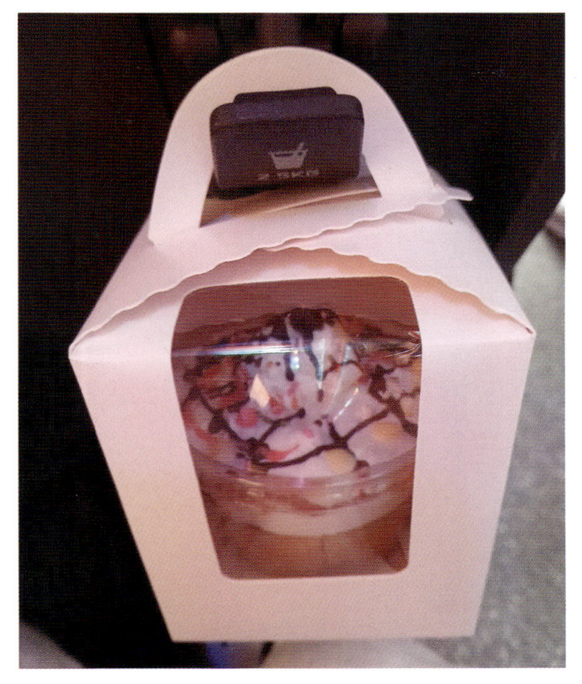

조하윤

컵케이크 만드는 내 얼굴이
꺄르르

컵케이크 먹는 내 얼굴이
사르르

모두의 얼굴이 방긋하네.

여름밤

조하윤

학원 갔다 온 지친 나를
여름밤이 위로해 주네.
여름밤의 아래에서
기쁘게 웃네.

나무

〈2025. 제74회 개천예술제 디카시 부문 장려 수상작〉

조하윤

나무는 참 다정하다.
우리에게 그늘을 내어 주고
힘들 때 기대게 해 주니까.
때론 쓰러질 때도 있지.
우리도 나무 같은 존재 아닐까?

불꽃

허민석

와! 빛나는 불꽃
활활 타고 있는 불꽃
엄청 뜨거운 불꽃
이게 낭만인가?

창문 너머 풍경

허민석

비행기는 떠오르기 시작했다.
점점 올라가 마치 롤러코스터 같다.
공기가 없어지는 느낌
구름이 보이고
구름 아래에는 여수, 부산이 보였다.
사진을 찍으며 봤는데 엄청 예뻤다.

나무 밑에 있는 나

허민석

나무 아래 있는 나
저기 있는 나무가 엄청 크다.
저 나무랑 하늘이 엄청 멋지다.
나도 정말 나무처럼 크고 싶다.

하늘

허예신

구름 하나 없는 하늘
파워에이드 같은 하늘
바다 같은 하늘
하늘이 참 푸르르다.

탈출

허예신

고양이 엄마 품 탈출
고양이 집 탈출
다른 고양이도 같이 탈출

2부_넓은 눈 밖
2학년

넓은 논 밭

김건우

넓은 논 밭에서
사진을 찍어서
아주 아름다웠다.
이 장면이 평화롭다.
완전히 평화롭다.

어떻게 할까?

김도원

배구 리시브를 하다가
공이 천장에 끼어 버렸다.
어떻게 할까?
공을 던져 꺼낼까?
도망갈까?
이럴 땐 어떻게 해야 할까.

불에 탄 나무 – 영덕 산불 일부분

김도원

시커멓게 탄 나무
불이 다녀간 자리
가지는 부러지고 잎도 다 타 버렸다.
이제는 말없이 조용히 서 있을 뿐

진주

김도원

진주 같은 하늘 밑에는
콘크리트 대신 푸른 산
도시지만 자연과 함께하는
진주

구름

김지애

하늘에 구름이 떠 있다.
구름이 참 예쁘다.
저 구름처럼 하늘에 떠 있으면 어떤 기분일까?

시골의 풍경

김지애

논에 벼가 익고 있다.
이 풍경은 정말 예쁘다.
하지만 환경오염 때문에 앞으로는 볼 수 없을지도 모른다.
그러니 이 아름다운 풍경을 지키기 위해 환경을 아끼고 보호하자.

고양이

박범

고양이는 참 신비롭다.
고양이는 참 귀엽다.
너도 그럴까?

쿠키

박범

땅 땅 땅 오븐이 울린다.
쿠키가 구워졌다.
더운 오븐에 들어가면 얼마나 힘들까.
틀에 찍히면 얼마나 아플까.
하지만 쿠키가 되고 나선 우리의 입속으로 들어간다.
그게 쿠키들의 임무니까.

참새

박범

지붕 위에 참새 두 마리가 쉬고 있다.
참새 둘이서 이야기를 하듯 쨱쨱거린다.
그러더니 푸드득 날아가 버렸다.
짧은 만남이 아쉬웠지만 다음에 또 보자.

진주 같은 눈

박범

우리 고양이의 눈은 진주 같다.
진주는 반짝반짝하다.
우리의 미래도 반짝반짝하게 빛났으면 좋겠다.

개미는

이수호

개미는 열심히 일을 한다.
개미는 큰 배를 만들었다.
그 배를 운행하는 데에 쓰는 기름은 중동에 있는 여왕개미가 주었다.
항상 개미 옆에 있는 스마트폰은
아메리카에 있는 사과를 좋아하는 여왕개미가 주었다.
개미들이 많이 보는 애니메이션은 섬에 있는 여왕개미가 주었다.

평화는 '우리' 라는 여왕개미가 줄 수 있다.

골골골

이수호

아기 고양이 잔다.
젤리 발바닥 보들보들
아직 굳지 않았다.
많이 만져야지.

이걸 버려야 하나?

이수호

개구리 여러 마리가 쓰레기 위에 앉아 있다.
잠시 쉬고 있는 것 같다.
북극곰들의 빙하와 비슷한 것 아닐까?
이걸 버려야 하나?

고양이와 진주

이수호

고양이를 안고 진주로 간다.
고양이도 가고픈 진주
고양이와 함께 진주성 위로 유유히 지나간다.

학교와 꽃

〈2025. 제74회 개천예술제 디카시 부문 우수 수상작〉

이승은

학교 운동장에 꽃이 피었다.
아름답고 향기롭다.
학교 교실에 웃음꽃이 피었다.
찬란하고 눈부시다.
참 아름다운 것들이다.

수선화

이현송

우리 집 앞 나무 옆에 자라난 수선화
참 예쁘게도 자라났네.
앞으로도 활짝 펴 있으면 좋겠다.

사라진

이현송

사라져 버렸다. 벚꽃잎
땅바닥에 추락하여 움직이지도 못하고 밟힌다.
이렇게나 쉽게 떨어지고
이렇게나 쉽게 사라져 버리는지
정말로 이해를 하기 힘들다니까.

노을

이현송

붉게 빛나는 하늘이 참 예쁘다.
누가 무한한 바다에 붉은 잉크를 흩뿌렸을까.
누가 하늘을 붉게 태우고 있는 걸까.
이 순간이 다 지나고 나면 이 하늘은 검게 재로 변하겠지.

바다

이현송

오늘도 하늘색 바다는 잔잔합니다.
어떤 때에는 파도가 올지도 모릅니다.
그렇지만 그렇기에 더욱 매력적인 바다입니다.
오늘도 하늘색 바다는 잔잔합니다.

프롤로그 1)

이현송

우리들은 사회 초년생
학교라는 사회에서 사회생활을 배워 갑니다.
사회에 나갈 수 있을 그때까지
우리들은 사회 초년생

---

1) 프롤로그: 연극, 책, 영화의 도입부.

에필로그 2)

이현송

점점 2학기가 끝나 갑니다.
점점 2학년 생활이 끝나 갑니다.
3학년들도 이제 중학교를 졸업하고
고등학교로 갈 준비를 하고 있습니다.
1학년들도 이제 2학년이 되고 있습니다.
이것은 우리들의 에필로그이자 프롤로그

2) 에필로그: 연극, 책, 영화의 끝맺는 말 (종결 부분).

하늘이 무너져도 솟아날 구멍은 있다 3)

이현송

구름 사이에 빛나는 한 줄기의 빛

---

3) 하늘이 무너져도 솟아날 구멍은 있다: 아무리 어려운 경우에 처하더라도 살아 나갈 방도가 생긴다는 뜻의 속담.

시퀄 4)

이현송

오늘에는 내일이라는 시퀄이 있고
울음에는 웃음이라는 시퀄이 있고
졸업에는 입학이라는 시퀄이 있고
절망에는 희망이라는 시퀄이 있고

---

4) 시퀄: (책, 영화, 연극 등의) 속편, 또는 속편 같은(뒤이어 일어난) 일을 뜻하는 단어.

강

이현수

나는 강처럼 흘러가고는 싶다.
나는 강처럼 깨끗한 사람은 아니다.
그래도 강에 설치된 수력발전소가 전기를 생산해 내는 것처럼
나도 다른 사람에게 도움을 주고 싶다.

고양이

이현수

우리 학교에 하얀 고양이가 왔다.
그저 녹은 것처럼 누워 있는
하얀 고양이가 와 있다.
몇 분 있다가 가 버린 그 고양이가 있었던 벽은
여전히 허전함과 쓸쓸함으로 가득 차 있었다.

고향의 향기

이현수

학교에 들어가면 보이는
고향의 향기 푸릇푸릇한 향기
저기 저 나무 안에는
고향의 향기가 깃들어 있어
여행 가면 다시 그리워지는 고향의 향기

우리 학교

이현수

우리 학교 정겨운 학교
고등학생이 되면 떠나갈 학교
우리가 안 와도 그 자리에 꿋꿋이 있는 학교
우리와 함께 추억을 만든 그리고 만들어 갈 학교
아직 여기에 자리를 지키고 있는 우리 학교

전진

이현수

우리들은 나아간다.
우리는 우리들의 미래로 나아간다.
나는 나만의 목표를 향해 나아간다.
우리들은 중학교 생활의 끝으로 나아간다.
3학년들은 고등학교 생활의 시작으로 나아간다.

풍경

정대식

유채꽃과
여러 그루의 나무와 강이 어우러져
예쁜 풍경을 나타내는구나.
이 풍경을 보니 내 마음도 편안해지는 것 같구나.
마치 무지개처럼 자연이 만든 예쁨이구나.

3부_행운을 좇는 자에게

3학년

행운을 좇는 자에게

강수정

우리는 행운을 찾기 위해
행복을 짓밟는다.
이슬비 먹고 피어난 클로버는,
행운을 찾는 자에게 이리저리
뒤집히고 꺾인다.
네 잎은 행운이라 불리고
세 잎은 흔하다며 무심히 뭉개진다.
사람들은 몰랐다.
행운을 찾느라
행복을 짓밟고 있다는 것을.
행운은 문득 찾아와도
행복은 늘 곁에 있었다는 것을.

발끝으로 작은 세 잎을 살핀다.
행운보다 먼저 피어난
연약한 행복이 다치지 않게,
사랑하는 이에게 수줍게
세 잎 클로버를 건네며 말한다.
'부디 행운을 좇다 잔잔한
행복을 놓치지 않길.'

진주역

강수정

설레는 마음을 부여잡고
창밖으로 숲을 본다.

푸르른 하늘과
예쁜 나무들이 이어지고,
북천역을 지나
진주역이 서서히 다가온다.
하늘로 치솟는 듯한 빌딩숲이
눈앞에 펼쳐지며
내게 또 다른 설렘을 안겨 준다.

새로운 공간과 사람,
숲과 빌딩같이 달라도,
어우러진 진주

그곳에서 난 다름이 어우러져 만든
시작의 꿈을 꾼다.

맛있는 케이크

공태준

맛있는 케이크
컵케이크는 원래부터 맛있던 게 아니다.
빵에서 생크림과 토핑들이 합쳐져
맛있는 케이크가 완성된다.

이처럼 뭉치면 자신의 장점이 커지게 되지 않을까.

여름

공태준

여름은 참 좋다.
겨울에 시들었던 곡식들은 살아나고,
아무리 먹구름이어도 태양으로 밝게 빛날 수 있는
여름이 참 좋다.
겨울잠을 자던 동물들은 서서히 깨어나고,
아이들은 비타민A로 활기차게 되는 여름이 참 좋다.

나는 역시 운이 좋다

〈2025. 제74회 개천예술제 디카시 부문 장려 수상작〉

공태준

분홍 하늘이 천천히 익어 간다.
수많은 색 중에서 오늘은 분홍이라니
나는 오늘도 운이 좋다.
분홍빛 하늘이
또 하나의 사진으로 나를 남긴다.

인간

노서희

나는
두 발로 반듯이 서 있을 수 있으면
다 인간인 줄 알았다.
야 근데 너 왜 서 있냐?

나만의 도둑님

노서희

나도 모르는 새 열려 있던 문 틈 사이로
긴 꼬리 살랑이며 들어온 작은 도둑 하나
내가 내쫓기도 전에
내 마음을 홀랑 훔쳐
달아나 버렸네.

어떤 여름날에

박가온

조그마한 개미 떼도 보이지 않는
어떤 여름날에 문득 고개를 들어 본다.
오늘도 여전한 햇살은 내 눈을 감기게 한다.
눈 틈 사이로 보이는 쨍한 풍경,
누군가 크레파스로 칠한 듯한 하동의 거리가 그곳에 있다.

길

박가온

길을 걷습니다.

내 길을 걷습니다.

지나온 내 시간만큼 여러 바람이 불었지만

내 길은 묵묵히 잘 견뎌냈습니다.

길을 걷습니다. 오늘은 산들바람이 불길 바라면서.

빗방울

박미성

흐르는 빗방울을 닦아내려 할수록
번지고, 또 흘러내린다.
내가 할 수 있는 건
그저 해가 비칠 때까지 기다리는 것과
이 마음이 떠나길 기다리는 것, 그뿐이다.

힐링 시티

박미성

이른 아침, 그림자를 늘어트린 고양이와
흘끔 눈이 마주쳤다.
아무 말도 하지 않았다.
우리는 서로 모르는 사이었지만,
우리는 같은 공기를 마셨다.

내 마음속 여름

박유지

춥고 건조했던 겨울이 지나고,
꽃이 예뻤던 봄이 지나고,
어느새 여름이 왔다.
태양이 모든 걸 녹일 수
있을 것만 같이 덥다가도
언제 그칠지 모르는
장마가 온다.
나의 마음속에도
여름이 왔다.
화가 머리끝까지 나서
답답하고 세상 모든 게 미워서
울컥하더라도 이게
이게 나의 여름인 것 같다.
가끔은 너무 화가 나서,
가끔은 너무 미워서 싫다가도
여름이라서
세상 모든 게 좋아진다.
그렇다. 이게 나의 여름이다.
내 마음속의 여름

불꽃놀이

박유지

진주성에서 본 불꽃놀이
어두운 하늘을 가로지르는 불꽃
진주의 적막한 하늘에 별빛을 쏘아 올린다.
떨어지는 꽃잎
시끌벅적한 사람들 사이 낙화가 소리 없이 엎드린다.

나비효과

박해나

지금은 스쳐 가는 기분에 취한 움직임일지라도
나중에는 너에게 일상이 되길
지금 당장은 우리 서로 웃기밖에 못 하지만
너의 그 작은 움직임이 이 세상을 뒤흔들 날까지 기다릴게.

하동의 가을

박해나

매년 오는 가을인데도
스치는 그 기온이 매일 달라져 낯설다.
하동을 노랗게 물들이는 가을은
가장 멋진 화가이다.

발자국

이주경

너의 발자국

하얀 솜 같은 눈

너의 따뜻한 발로 눈을 사르륵 녹여 발자국을 남기지.

그 발자국을 따라가다 보면

마치 나를 기다리고 있었다는 듯

나를 빤히 쳐다보지.

체육대회

이주경

여기저기에서 들리는 함성 소리와 웃음소리로 시작을 알린다.

마치 해도 이 분위기를 아는지 밝고

즐거운 시작 소리와 함께 산산한 바람도 같이 분다.

모두가 하나 되어 신나게 응원한다.

학교 생활에서 가장 즐거운 날

체육대회는 나에게 있어 항상 최선을 다하는 날이다.

바쁜 겁쟁이

이주경

겁도 많으면서 화도 잘 내는 겁쟁이
부스럭거리는 소리에는 놀라 도망가기 바쁘고
간식 소리에는 반응해서 삐익삐익거리기 바쁘다.
손을 내밀면 괜히 화만 내기 바쁘지만
그래도 귀여운 우리 마스코트 겁쟁이

속 빨간 사과

이주윤

지금은 사과가 아니지만
꽃도 됐다가
지금의 모습도 되고
그러다 속도 빨간
예쁜 사과가 된다.

경회루

이주윤

연못 사이에 있는 경회루
연못에도 보이는 경회루
꿋꿋이 제자리에 있네.
온갖 시간과 날씨를 버티고
오늘까지 잘 있네.

높은 산 넓은 하늘

이주윤

하늘은 넓고
산은 높으며
바다에서
날아오는 바람
자연은 늘 예쁘다.

여름의 초대

임하람

햇빛은 쨍쨍 대머리는 반짝
또 나 혼자만 초대받지 못한 여름이다.
나도 초대해 달라고 외쳐 봐도 허공에 울릴 뿐,
여름에게 전해지진 않는 듯하다.
내년엔 나도 꼭 같이 초대해 주었으면 한다.
다음을 기약하며 올해의 여름과 인사할 준비를 한다.

외계인 정의법

임하람

사람들은 정체 모를 무언가를 외계인이라 정의한다.
무슨 생각을 하는지 모르는 큰 눈,
의미를 모르는 4차원적인 말 등…
난 아직 너를 잘 모르는 것 같지만
일단 나는 너를 외계인이라 정의하기로 했다.

와! 구름이다

장준혁

와! 구름이다, 멋있는 구름이다.
한랭전선이 생성시키는
'적운형' 구름이다!
오늘도 집에 간다.
구름을 보며 만족을 하며

진주 같은 구름

장준혁

진주 같은 구름이
정말 멋있구나.
마치 파란색 바다 안의 진주 같다.

여름 조각

조솔인

맑고 뜨겁고 파란 하늘이
베일처럼 드리운 햇빛 한 줄기가
어느새 짙어진 나뭇잎의 색이
한 조각에 모두 담겼다.
여름인가 보다.

4시

조솔인

정오의 햇살은 아직 식지 않았고
공기는 그저 나른하기만 하고
구름은 천천히 흘러가
어느새 하늘의 끝자락에 걸려 있는
그저 어느 맑은 날의 오후

길고양이

허 예 범

집 가다 만났던 길고양이
나에게 다가온 길고양이
목소리도 예쁜 길고양이
이제는 내 곁에 집고양이

무지개

허 예 범

하늘 위에 무지개
비 온 뒤에 무지개
아름다운 무지개
내 눈앞에 무지개

4부 _ 고목
교직원

고목古木

김재영

속이 텅 비어도
끝까지
끈질기게
살아남는다.
경이롭다!

벽화

김 재 영

벽 뚫고 나온 나뭇가지가
벽 위에 남겨 놓은 흔적들!
살기 위한 그 처절한 몸짓이
한 폭의 벽화로 남았네.

빗소리

김 재 영

9월 중순에도
한낮엔 여전한 무더위
이제야 기이인 여름이
지나가는 소리

그곳, 그 시간

강보미

어느 날은 김치가 맵고,
어느 날은 나물이 남고,
그 모든 날이 모여 자랐다.
천천히, 그러나 분명하게.

숟가락 부딪히는 소리 하루의 위로가 된다.

4시 30분 같은 구속

김기성

옥상에 앉아 먼 산을 보곤 한다.
언제부터 물까치 한 마리가
손에 잡힐 듯한 거리에 날아와 앉는다.
행여 날아갈까 조바심이 난다.
고요히 또 고요히…

새벽 루틴

김기성

03시

갓 따온 차맛으로 고요를 채운다.

05시

칠불사에 오른다.

오직 중앙선만 밟으려 한다.

꽃마중

김 세 라

안 오나!
만날 약속 못 해
꽃단장하고
지금부터 기다린다.

어른의 책임

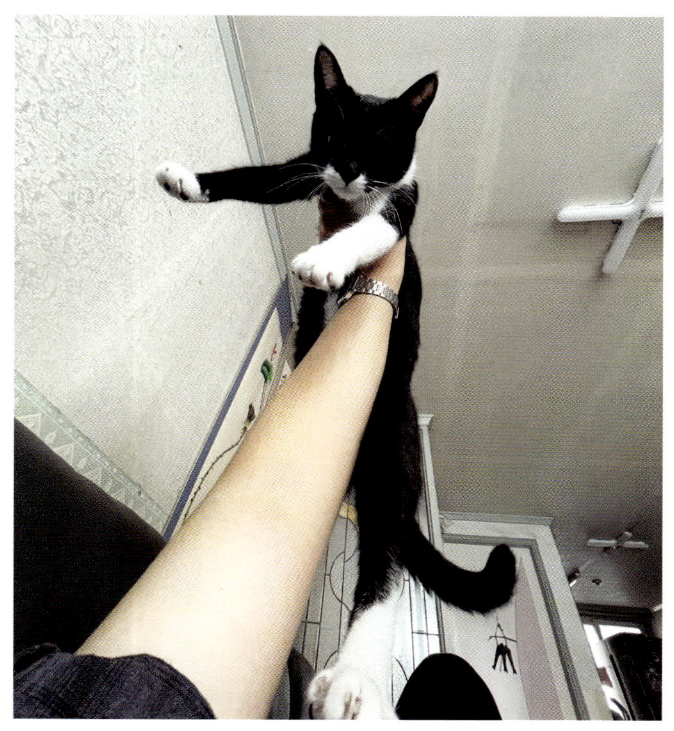

김정원

너도 이제 성묘가 되었으니
나가서 돈을 벌어 오도록 해.
너의 밥값은 직접 벌자.

학교 개울

김 흠

흘러간 여름의
뜨거운 물결이 쓸어 간 자리에
슬며시 가을이
쪼르르 나를 새로이 흘려보낸다.

각설이

원유미

작년 봄에 뿌린
다이소 천 원 봉숭아
죽지도 않고 또 피었네.
얼씨구 절씨구 좋다.

발악

원유미

다들 내가 죽었다고
잘라 버린다고
허…
참…
아직 나 살아 있다!

사춘기

원유미

강한 햇빛도 막아 주고
세찬 비바람도 막아 주고
영양분도 채워 줬건만
말라 죽어 버린 너는…

도대체 뭐가 필요한 거니?

레이어

이은빈

군청빛 하늘 위에 반짝 별 하나 찍어 놓고
그 위에 뭉게구름 펼친다.
그 위에 팝콘을 마구 떨어뜨리면
봄밤 완성

갯벌

이은빈

흑백의 갯벌
비가 추적추적 내리는
고요한 지평선 사이로
다채로운 생명의 소리가
숨을 쉰다.

꽃이 핀 이유

이은빈

꽃이 예쁘게 핀 이유
너 때문이었구나.
너 갈 때 귀여운 허전함을 두고 가 줘,
빈 자리 보며 미소 지을 수 있게.

괜찮다

이애정

하얀 봄 구름이 떠 있다.
지난겨울 웅크렸던 어깨가 스르르
풀리고 내 마음도 같이 눕는다.

숨도 한결 가벼워진다.
그럼 다 괜찮다.

연꽃

이영민

진흙탕 속에서 피어올라 흙 한 점 묻지 않고
해가 뜨면 꽃잎을 닫아 어스름한 새벽에 만개하고
어떠한 환경에도 적응한
강인한 생명력의 연꽃
우리도 진흙탕에 굴하지 말자.

봄

이영민

득한 봄비 지나고 나니
따수운 봄날 햇살 찾아오네.
시원한 계곡물에 첨벙 빠져
근심 걱정 잊어 보자.

인내

이영민

인내는 쓰되 열매는 달다.
물가에 서 있는 왜가리 하나
새들도 아는 당연한 공리
인내는 쓰되 물고기는 달다.

창문 밖에는

조윤희

푸른 하늘, 나무, 꽃,
연못도 녹색이다.
평온한 정원

그럼…
창문 밖을 바라보고 있는
나는 흘러내리는
땀을 식히려
연신 부채질로
팔이 바쁘다.

아아 나의 땀이여
어여 날아가라!
내려라 체온이여!

나도 창문 밖 정원처럼
평온해지고 싶다.

나그네 구름

정영숙

올라가야 하는데…

아이들의 조잘거림에
조금만 더
머물고 싶어지는 곳.

사랑

정영숙

金生水 水生木
바위에서 물이 생겨나고
물이 나무를 키운다.

사랑도 그렇다.
보이지 않지만 우리를 자라게 한다.

라면

최훈혁

라면은 언제 가장 맛있을까?
늦은 밤 동생과 함께 야식으로 먹는 라면
등산 후 연인과 알콩달콩 나누어 먹는 라면
수영장에서 친구들과 신나게 놀고 난 후 다 같이 먹는 라면
계곡에서 가족들과 물놀이 후 오순도순 모여 먹는 라면
라면이 맛있었던 건 맛을 더해 주는 사람들이 있어서인가 보다.

타이밍

한정희

아이쿠, 늦었네…

5부_오데고

학부모

오데고

박성근

니 거 사나.

내 요 산다.

상상

박성근

다음 역은 우리 고향 악양!
악양역입니다.
내리실 곳은 오른쪽입니다.

거기

박성근

너도 알고…

나도 알고…

우리 모두가 알았던…

거기…

벅수(장승)

박성근

처음 시작되던 그 어느 날부터 반백 년 이상
한자리에서 울고 웃고 재잘거리며 개구지던 우리를…
묵묵히 지켜봐 주던 그대들이 있어
무탈하게 지금까지 이어 왔나 봅니다.

수많은 만남과 이별을 지켜봐 주던 그대들을
이제 놓아주려 합니다.
미안하고 고맙고 기억하겠습니다.
천하대장군, 지하여장군

2025년 여름을 잊지 못하는 까닭

박진아

큰아이의 첫 울음을 닮은 작은 목소리.
떠나갈 거라고 그저 스쳐 지나갈 줄 알았다.
그랬는데 그랬어야 했는데
망설이는 가을 앞에 녹지도 않는 여름을 낳았다.
윤달이 가을을 밀어낸 게 아니라 다가오기만 해도
따뜻해지는 이것들이 몸을 부풀리며 여름을 이어 간 탓이려니.

선물

임선주

우와
모진 여름의 순간을
순식간에 날려 버리는
강력한 한 방
이런 게 선물이지.
너처럼

엄마 생각

임선주

새벽 달빛이 이렇게 밝을 줄이야.
사방이 어둑어둑 그래서 알았네.
어머니 논둑길을 밝힌 게 새벽녘 달빛인 걸.
새벽 풀잎이 이슬을 머금듯
나도 엄마 생각에 새벽 이슬 한 가득 머금는다.

6부_책을 닫으며

벅수(장승) 2

김 재 영 金載暎

반백 년 이상 그 자리에 묵묵히 자리 지킨 그대들이여!

한쪽은 잎이 마르고 한쪽은 뿌리가 삭아

이젠 빈 껍데기로 남았구려!

태풍이 오기 전 그대들을 놓아주려 합니다!

천하대장군! 지하여장군!

부디 잘 가소서!

<해설>

70여 년 넘게 악양중학교 정문을 지키고 있던
개잎갈나무(히말라야 시다)가
위험 수목으로 진단받아, 안전하게 제거하고
새롭게 꽃나무 종류로 식재하는 것이
낫다는 진단을 받았습니다.

이에 동창회와 교육공동체 의견을 모은 결과
잎이 마르지 않은 한쪽은 좀 더 지켜보고
이미 소생 불가능한 한쪽은
악양중학교를 상징하는 조각물로서
새롭게 재탄생하기로 결정했습니다.

과거부터 현재까지 악양중학교의 역사를
묵묵히 지켜보았을 장승 같은 그대들,
이제는 그 무게를 학교의 모든 나무와 꽃이
나누어 짊어질 것입니다.
은행나무와 섬향나무, 철쭉과 동백,
단풍나무와 목련 등
학교의 모든 나무와 꽃이
이제부터는 수호신이 될 것입니다.

- 새로운 역사가 시작되는, 새로운 공동체가 탄생하는
장엄한 2025년 가을에 악양중학교 교장 김재영 씁니다. -

빛이 머물던 시간

이은빈

하동향수_「떠오르는 뭇별, 멀어져 가는 유성우」 中

　말 그대로 눈 깜빡할 새에 2025년을 보낼 준비를 하고 있습니다. 제가 작년 2월에 처음으로 악양의 땅을 밟았던 그때의 설렘이 아직도 생생한데 말입니다. 지난해 악양 교육공동체가 펼쳐 낸 첫 디카시집을 다시 꺼내 읽으며 잠시 작년의 그리운 냄새를 맡아 보았습니다. 1년이 참 긴 시간인 듯하지만 보내고 나면 너무나도 짧아 아쉬운 시간이더군요. 작년 디카시집인 『떠오르는 뭇별, 멀어져 가는 유성우』에 실린 「하동향수」라는 디카시에서 "훗날, 아련하게 맡을 하동에 대한 향수를 기대하며"라는 시행을 떠올립니다. 올 한 해는 저에게 이곳에서의 향수가 더욱 짙어졌던 해가 되지 않았나 싶습니다. 돌아본 2025년은 참으로 우리에게 빛나는 시간이었습니다. 그리고 그 빛이 머물던 시간들을 이 시집에 담게 되어 더욱 감회가 새롭습니다.

이번 디카시집의 제목인 '빛이 머물던 시간'은 악양중학교에서 과학을 가르치는 이영민 선생님께서 카메라로 촬영할 때 순간 터지는 빛, 그 속에 머무는 우리의 추억들을 담고자 지은 제목입니다. 2025년, 1년간 추억의 악양중학교 교육공동체의 다양한 순간을 빛으로 모았습니다. 아이들과 함께 벚꽃이 떨어지는 것을 아쉬워했던 봄부터 뜨거운 햇살 아래에서 뭉게구름을 보며 실감했던 여름, 도서실 창가 너머로 보이는 고개 숙인 벼와 주렁주렁 열린 대봉감의 계절 가을까지. 악양의 아이들과 함께했던 순간이 사진으로, 귀여운 문장으로 쌓이고 있다는 사실이 굉장히 신비롭고 기쁩니다. 이제는 나무가 옷을 벗고 아이들의 옷이 두터워지는 추운 겨울을 기다리며 악양에서의 시간이 조금만 더 느리게 갔으면 하는 마음으로 이 글을 쓰고 있습니다.

디카시집을 2년 연속으로 엮으며 학교 홈페이지에 올라오는 학생, 학부모님, 교직원분의 작품을 하나하나 읽을 때마다 저도 모르게 입꼬리가 올라가는 경험을 해 왔습니다. 이 작업이 저에게 단순히 하나의 일이 아니라 위로와 즐거움이 될 수 있었던 것은 우리 아이들의 작고 귀여운 손으로 찍은 사진과 그것에 담긴 순수하고 맑은 마음 때문이 아닐까 생각해 봅니다. 작년에는 '필연'이라는 제목으로 마무리하는 글을 썼던 저는 그 필연의 만남이 조금 더 오래가기를 바라며 남은 2025년, 악양중학교에서의 하루하루를 마음속 깊이 새기며 보내려 합니다.

많은 이들에게 제가 올해 작품들을 보며 느낀 위로와 즐거움을 전하고 싶습니다. 작품을 읽는 내내 들려오는 악양 아이들의 순수하고 귀여운 웃음소리를 들려드리고 싶습니다. 부디 악양의 푸르른 산맥과 그 사이 불어오는 향기로운 바람이 독자들의 마음속에도 전해지기를 바라 봅니다.